迎向時間的詠嘆

邱振瑞 詩集

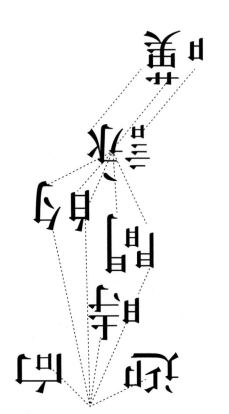

自序

我步入中年以後，忽然有一種感覺，說是真實的幻覺並無不可，時間之輪變得更加快速了，而且迅疾得令人難以企及，雖然有些時候我看到它彷彿在回頭，向我投來了某種啟示的微笑，但我卻來不及回應而錯失了凝視的回贈。當然，這種帶有超驗主義意味的體悟，並不完全只有壞處，也就是只把我推向莫名感傷的深淵，而刻意忽略我對於詩歌的敬慕之情。與之相反，我認為它用這種刻不容緩的形式顯現，正是一種促成和提醒，希望我嚴肅思考詩歌與自身存在的關係，思索我如何在詩歌中得到自由和拯救。

對我而言，創作詩歌是我在傳統主流文化之外，獲得尊重和抒情的曼陀羅之境，因此，我努力學習詩歌的語言表達，儘量置身於詩歌的薰陶之中，迎向自我意義的完成。寫詩，使我不必依靠文獻史料，不必解釋政治生活的設想，不必顧慮利己主義的特徵，不必像哲學家只理解事物本身，而放下我直面的激情與情感。現在，時間的確匆促離去，我仍然是幸運之人，因為偏見和蒙蔽已不能把我困住，我成功穿越了群魔亂舞的喧囂，正在經歷詩歌神聖領域的洗禮，感受到善良世界的餘韻。

從這個角度說，我之前出版三部詩集：《抒情的彼方》、《憂傷似海》、《變奏的開端》，就是對這些精神歷程的記述，以貫徹和維護整全的自由，不許任何政治惡意的染指。同樣的，在《迎向時間的詠嘆》這部詩集當中，注滿了我直率的情感和批判，這必然形成與某種對象的對峙；它有時如迸發的瀑布，有時像狂怒的海濤，但我從不考慮這是否給自己帶來安全？寫詩，有著美好的孤獨，有著出乎我心的逍遙自在，而僅止這樣，就值得詩人終生追求的了。

每部詩集的出版，必然由諸多助力促成的，在此，我要感謝編輯伊庭、宛榆的細心編校，封面設計瑋筠的巧思，使之維持這套詩集的裝幀風格。謝謝他們為此書付出的辛勞。

是為序。

寫於二〇一九年元月五日　臺北陋居

〔目錄〕

自序——3

輯一

一隻雲雀在歌唱——12
愛海的人——14
堆草堆——16
我的椰子樹——18
皮影戲——20
沉睡——21
心中的天空——23
地獄之花——25
耳朵——27
地上之光——29
詩人——31
灰色地帶——32
種瓜記——34
祭典——36
追記——37
夏衣——39
魔法通道——41
我能做什麼——43

輯二

六月——46
失語之島——48
昨日之死——50
植物學家——52
懸魚——54

友誼——55
燃燒的綠樹——58
沉魚——60
海鳥——62
過眼風雨——64
回覆——66
垂暮——67
蟬聲如火——68
夏末書簡——69
不期而至——71
定數——72
苦夏——74
葫蘆花——76

輯三

天窗——80
雨後回聲——82
漂泊——致詩人何郡——84
記憶十行——86
維根斯坦——87
未歸之子——89
破曉——90
自由落體——91
父親節——93
孤獨的座位——95
草珊瑚——97
聚攏——98
風景——99
我的山中湖——101
秋夜——102
夢——103
未來——104

我的影子——105

輯四

致　哀傷——108
拯救遺忘——110
佚名——111
蠟燭——113
褲子還留著折痕——114
老詩人——115
年輪——116
托馬斯．霍布斯——117
冰——118
我的共鳴——119
無題——120
綠色月亮——121
山寺——122
河風——124
解散——125
田間書簡——127
迷途指津——129
海邊的松樹林——130

輯五

秋紅——134
山的思想——135
一個祈求——136
火星——137
思想頌——138
晚安，巴爾扎克——139
想像波德萊爾——141
問候果戈理——143
旅程——145

深秋的聲音——146
墓影自敘——147
冬季裡的春天——149
紙魚——150
歲月與生活——151
河霧——153
詩友——致詩人李敏勇——154
獨有時刻——156
到詩歌裡看海——157

輯六

不忍離去——160
山中之音——161
唯物主義——163
冬天的早晨——164
一則隱喻——165
暗夜行路——166
怪誕的日常——167
漫遊者——169
不是占領——171
在旅途中——173
疲勞的鐵絲——174
麵包公墓——175
我的統派朋友——177
莫里斯・萊維——179
經過大阪城——182
歷史印象及其素描——184
春雪——185
迎向時間的詠嘆——187
詩的森林——189
歷史是一條絲線——191

〇一

一隻雲雀在歌唱

我在田野上穿行
望向故鄉景物
是否照舊如常
卻忘記了天空上
一隻雲雀在歌唱

美妙的言詞
爬上那樣的高度
絕不影響抒情
夏風與我同村莊
必定向我報訊

不過這一次
眼翳並沒有遮蔽
惡意轉身退出
是我封殺了耳朵
聽力才如此混濁

我比誰都想知道
從那以後
故人登天的世界
深處有雲層墓地
至今是否健在猶然

愛海的人

站在岬角上
我就是一塊礁岩
不需要替身
不藉由飛沫傳播
成全我的自由

變幻的波濤
總突發異想測試
愛海的人
要將擱淺擺在面前
出示危險的嘲弄

潮聲繼續渲染
我遇見浮沉光影
時而發出讚歎
不為游動的傳說
定位何其艱難

我觸摸到時間聖手
為我的回憶之路
解開破船纜索
日夜哼唱的童謠
需要溫柔輝映

堆草堆

翻開童年的日曆
厚實的稻草堆
從來不多話
總能吸引著雨水
像溫泉一樣
洋灑在自身頂上

從這時候起
我看見蘑菇綻放
有毒性的惡之花
果實揮發腐味

這並不影響
回憶對我的呼籲
我暗藏飽足的思想
把祕密作為基地

故人催促著
快去打量舊的世界
是否已經垮塌
青春總有個起點
我發現它並未衰老

我的椰子樹

去年夏天
的確比現在難熬
非法熱浪
一波比一波高

這已經逾越寬容
依然不理睬
我可憐的想像
卻連番向我撲來

忖度這情勢
我似乎只能魔幻
變化自己

像一棵椰子樹
清涼立在孤島上

在夢境的國土
戰火猛烈發狂
絕不延燒到天堂
炸彈更懂得克制
半夜不來敲門

如此這般
我彷彿真的化身
一棵椰子樹
可以為時間作證
為自己撐起涼傘

皮影戲

沒錯　是我
從纏結的頭腦中
把你演活了

你和國王一樣
有兩個身體
一個繼承
一個拋棄

你重新站起來
就不需劇本
吶喊原本只是
政治過場

沉睡

請毋責怪我
我真的振作起來
且刻不容緩
挽回語言的初衷

我特意遍植森林
這樣就有樹蔭
有相同的課堂
直達神祕的旨意

所以我不能沉睡
不敢與曖昧共謀

明天太陽照樣升起
證明我並非偽黎明

心中的天空

沒有稿紙
我心中的天空
就沒地方可寫

我必須繼續轉筆
這些必死思想
正發出嘆息符碼

否則來自彼時的
我將無計可施
愉快會戛然而止

這封閉的雲塊
要我不停呼吸語言
驅逐龐大的幻覺

地獄之花

我終於弄懂了
地獄這座工廠
在製造什麼
駭人聽聞的產品

語言變形不稀奇
視覺開始麻痺
外反成額手稱慶
最親近的化石

我需要慢慢呼吸
需要時間打造

越過高牆和書頁
為我驗明正身

耳朵

我沒有古人耳朵
聽不懂古樂曲
古老的手指
彈奏時期的歡愉

秋蟬蟄伏已久
認識我的囿限
就這麼慷慨
借出了一雙翅膀

夏季流連於火焰
未必那麼凶猛
為我扇來社會理論

只屬於我的解讀

這理由很簡單
暴雷可能不復存在
但這無關緊要
聲聞已為我清涼

地上之光

我看見豔陽
以為只是明亮的
開端的日常

成熟快樂的葉片
紛紛掉落
找尋地下水脈

這超現實的感召
我彎身變成了
一棵中年的樹影

我拾起地上之光
緊握在手裡
成為我的純真

詩人

雷雨之前
哲學剛收拾完畢
怪鳥飛走了
影子消失了
謠言開始混淆
神經旋轉起來

環顧四周
和解找不到路標
正義覆亡了
音色失傳了
不如留下瘋狂
瘋狂返回自身

灰色地帶

嗨　綺麗的怪鳥
每日早晨
你準時無誤
棲在我的夢裡
訂正顛倒語序
任誰看來
這無限的美好

我猛然發覺
你在歌聲深處
埋著意圖
這屬於灰色地帶
絕不容許你

監看我的誓言
我原本就很蒼白

種瓜記

我植下的甜瓜
因不耐苦寒
先徘徊繞行
死於模糊幻境
這與族繁不及備載
喧囂的葬禮
並無刻骨關聯

我改種了苦瓜
想像甘美的滋味
每日拂曉前
祈禱風調雨順
島國民安

和正直詩歌一樣
勇敢地站起來

祭典

你盛情而來
我卻辜負了好意
也許雷聲超重
也許夏雨太少
也許陰謀臭味
也許閃電瓤口

我原本有所準備
呈現一系列奇觀
諸如靈魂錦織
諸如白袍倒立
諸如禽獸唱歌
諸如夢幻泡影

追記

如果
這一切可能
我願意跟隨狂風
奔向雲端之眼

如果
這一切可能
我願意和浪濤
翻新大海之夢

如果
這一切可能
我希望古代之謎

與我交換語言

如果
這一切可能
我希望時間淘盡
猶然認得我的鄉愁

夏衣

悲傷的雨季
來過多次了
臨走之前
竟然忘記門門

我以為抹消幻覺
如同蠟燭把我
簡單吹滅
青煙卻成了文本

我再次叮嚀
晨起一杯溫開水
睡前一杯白酒

孤獨皆有所依

我每日看著
風雲掠眼而過
我終需恢復自然
但還沒想出方法

魔法通道

他們都說
有辦法的人
正在挖掘通道
迎接黑暗的笑聲

他們都說
飛天遁地的人
正在翻找廢墟
安置失憶的檔案

這樣推估
開挖魔法通道
的確是考驗

我靈魂中的軟硬
要我交出晝與夜
是何其簡單
淺眠來回勘查
問我他們的身份

我能做什麼

趁著石碑健在
風雨的真實
記憶尚未崩塌
我捐出老骨頭
由飛燕悉數領回

虛構的花草貌美
影子有其分身
那些誤植成林的
不屬於感傷範疇

季節開始轉向了
豐饒面議死亡

我能做些什麼
或者記述什麼
海面澎湃的聲音
我豈能祕而不宣

二講

六月

翻閱夜晚的血液
我發現了月亮
如此輕易
墜入六月河流

我和魚群很疲累
害怕枉然皆空
有時一派模糊
影子們列隊等候

置身於這種境地
自然身體孱弱
被撕碎或者死亡

我開始找尋主詞
接連快樂修辭
形容最終的頁面

失語之島

為了趨吉避凶
語言奔出了
一起逃到無人島

那絕非受害意識
所能形容的
否則失語世代們
何需變幻迷蹤

幸好浪花的厚手
止住了焦躁
托起疑問的視線

圖景悄然升旗了
泡影得以重聚
像繩索如願以償
開始島歌的辭典

昨日之死

多年前的夏天
屬於我的昨日
死於槍聲和坦克

自此以後
母親們的哭聲
變得削瘦許多

遊蕩白光說
整片記憶的森林
悉數砍伐盡了

枝梢紛紛倒下
指向廣闊穹頂
卻無力支撐
一隻鳥的重量

我極為納悶
叫魂的起點
為何遍尋不著

那麼諸多眼淚
要奔向何方
我拿來烏雲當傘
悼念這一天

二〇一八年六月五日

植物學家

依你的機敏
必能從陰暗的風
得到什麼祕密

如隨著帝國船艦
來到殖民地
採集恐懼的標本

我在某歷史書裡
讀過這個物語
凋萎和時間並存
驚奇取代封閉

你和畫家同等
厲害又善於魔幻
認識植物帝國
我必須學會考古

懸魚

這個位置高度
最好不過了
尋常日子
看光影慢慢滴落
向遲到陣雨問訊
聽徘徊之風
呼吸時間味道
滋味的壓印
用來驅散
埋伏前世的憂鬱
遠山應有呼喚
在南國海上迴響

友誼

無盡的落寞
未必是惡之華
我受它挾持之時
就想療救自己
不拘任何形式
手段是多麼荒唐

我在一本傳記裡
幸運遇見了
喬治・巴塔耶
認識他的世紀
與性愛　歡愉
死亡　恐怖　宗教

無限回返的根源

經由巴塔耶介紹
我得以發現了
列夫・舍斯托夫
我們有某種親緣性
他是我苦讀時期
來自俄羅斯之友

從那以後
相逢將我們擱置
但是我仍然認為
與其沉默不語
不如說出來

這屬於上天旨意
考驗我們的友誼
比起高山婆娑海洋
恩惠往往比石頭
還要滲透柔軟

燃燒的綠樹

越過中年斜坡
我突然覺得
童年時光很重要
夢裡少了蛙鳴
世界內部的體溫
變得冷冷清清
外在的經驗
從此斷了音訊

只有家鄉知道
我是迷途的水牛
特地在土路上
等候黎明轉身

在驚雷掠過之處
為我植栽
一棵棵燃燒綠樹
他們正向我走來

沉魚

這枚小小魚形
躺在水缸裡
顯然很疲累
仍然念念不忘
昨夜的詩歌

難怪清晨時分
我右小腿抽筋
左腿如變成巨藻
湧動和迎向
似乎在回應海浪

一陣虛冷過後
我有了新的發現
夏日走到半途
雷鳴尚未響盡
秋天已悄然門前

海鳥

一隻海鳥
立在夢土邊緣上
不停說話
報怨我的耳膜
為何得不到回響

莫非聲音
像半夜的海潮
只湧向聽敏如光
慈悲的沙灘

否則沉船
是如何覓得藏處

如何得知曆法
這必然有其道理

過眼風雨

我知道這場風雨
並非使我驚奇
阿里斯托芬的雲
為何不願離去

我只能詢問
斯芬克斯的側臉
蘇格拉底睿智
為什麼飲下毒酒

我的困惑不多
猶未覆上白紙
如此簡單

就不會餘下淡影

我明白這場風雨
終將就地解散
回到原初的腳注
揭開明日之眼

回覆

以為你一去不回
忘了收信
忘了折頁翻書
看著仲夏雷雨
日影從指間淌流

我明白諸事無常
但未必迴向
所以簡短回覆
也算是共度時光
沒有太多卻存有

垂暮

在多風的海邊
你像枯樹一樣
與岩石佇立
和野草們等待
閱看暮色
如何拓染浮光

隔著逆光的驚訝
波濤終於願意
與你咏嘆呼吸
在最後時刻
告別來到跟前
再敘存有日常

蟬聲如火

傍晚時分
中山北路喧囂未止
隱身樹叢的蟬聲
如火在燃燒
也許今年夏末
牠們以憂傷自豪
我又沒許下願望
掠影落在路上
時間忘記飲水
詩歌問起我的姓名

夏末書簡

我因等不到書簡
站在拉門背後
看向房間裡的風景

上午那場驟雨
來得比往常匆促
沉默沒留下什麼

我自知無計可施
想不出妥貼的語言
不如祝福自己

我要和快樂生活
雖然有時健忘
有時忘記攜帶鑰匙

不期而至

驟雨不期而至
烏雲和噪音散了
夏末的氣味
傳播如此快捷
我已然重複太多
忘卻譜寫奏鳴

我如果得償夙願
希望時間慢走
雀鳥飛得更高些
可能的話
詩歌偶爾覆蓋著
我失語的天空

定數

我相信
一切都有定數
雲團的盤踞
有時要詮釋潰散
為何讓位於晴朗

這使我想起狂雨
過程恣意揮灑
尋找相似連接詞
最終卻轉向
與故鄉田野和解

那已非我能想像
我只知道驚愕
越過虛構的領土
向我緩緩靠近
拉開布幕和黎明

苦夏

依照白鳥們顯示
今年的苦夏
變得仁慈寬厚了

絕不打壓
我頂出多少話語

絕不烤焦
我萌芽的意志

絕不在青春崖下
趁機淹留
我未竟的殘景

如果這所言不虛
季節就能返回
恢復得自自然然

葫蘆花

別問我
我活著的思想
為何在夏季傍晚
迎展開花

我說過的
至今猶然記得
我不信自生自滅
找到詞源

餘下的
就是去承擔惡運
而非克服

很多跡象
都已經向我敞開
靜默如深

三講

天窗

想必是哲思難忘
我打開了天窗
希望聲音光亮
透露得更多
天空恢復之後
誰來引領閱讀

幾經周折
我平淡的隱喻
終於練就
一隻青鳥的本領

不必穿越叢林
立在果樹的枝條

附記：七月十九日，我幸得顯邦兄果園的蘋果，謹以短詩抄記。

雨後回聲

據說失蹤政治犯
通曉異議的天堂
並能在彼岸
顯示自由原理

我如法炮製
和雨霧一同消失

樂觀主義說
若激情不願相幫
我們可以杜撰

驟雨後改變身份
在初秋之前
阻擋處決的語言

漂泊

——致詩人何郡

我們來到
被遺忘的季節
遇見散佚故人
初識的雨陣
淡然幾句問候
彷彿雲煙的前身

我猶記得詩歌
升起的焰火
圍繞湖潭四周
每個符號
都能得到回音

幾十年風月
改變我們的皺紋
走入靜謐時刻
要抹去夏雨秋霜

記憶十行

記憶變老的時候
迷戀遍歷往事
如我童年的雷雨
浸潤枯槁之心
去了又復返

若非燠熱的苦夏
大發慈悲
指引了一道閃電
點燃青春灰燼
我至今猶在休眠

維根斯坦

我在傳記小徑上
偶然遇見了你
初識應有的寡言
符合時代格局

我意外得知
你活著的時候
備受欺侮
你比任何人明白
體面在重壓之下
意味著什麼

不管你被標記出來
或者默默無聞
你努力令人驚嘆
用來溫潤我的生活

未歸之子

夏天即將結束
題外生枝
和重複回顧的
便於蒙住月光
都屬於未歸之子

我想不出措辭
來描繪這場相遇
畢竟變數過多
可能大於風雨
可能小於土塵

破曉

這時候
我的灰暗不被打擾
呼吸和安靜
時間睡得很沉

如果早鳥
沒來喚醒我的傳記
錯過的日程
都可併入遺囑

自由落體

寫詩
微雨敲窗之時
不需要特別引注
真好

讀詩
驚雷迎頭劈來之際
不必與之共鳴
真好

所以
我和自由相信

在歲時的平凡中
總會遇上幾個美好

父親節

有許多事情
總是難以和解
溫暖的聚攏
在父親節這天
向我走來

有時重如連峰
又像是修補平原
山音的地圖
如此不可退轉

大家都問
在變老的盡頭

你看見了什麼
我聽見豐饒之海

孤獨的座位

趁著退潮時分
給孤獨留個座位
用來想像天空
重現澎湃海洋

新風及時趕至
為舊浪追逐
岩石要長出綠樹
伸向時間露台

倘若等到黃昏
骨頭們還沒現身

暮色欲言又止
誰又能不告而別

我知道地上群星
已愛上了流亡
孤獨仍然願意
以黑暗點燃光明

草珊瑚

我不會講故事
立花為什麼站著
為何向生而死的
都很難解釋

如果你真是珊瑚
不是傳說化身
我要仿效一隻魚
按照字面浮游

聚攏

天空又聚攏了
一片烏雲
這是來告別的
我清楚明白

我要比焚風迅速
超越倦鳥高度

於立秋以前
於驟雨之後
轉身繼續送行

風景

屬於我的風景
與被頒布出來的
不同

快要忘記的呼吸
與被供氧出來的
不同

屬於我的飛地
與被決定出來的
不同

即將淪陷的視線
與被圖說出來的
不同

我的山中湖

想必魚兒因白晝
太陽過烈
往事更迭頻繁
逼得他們躲在水底
我青春的山中湖
才泛起了涼意

乍見清風在馳走
幾尾魚兒
穿行得水波蕩漾
我昔日的面影
卻閃個不定
莫非是初秋的魔法

秋夜

我帶來了證明
海鷗已離開許久
防風林的
枝梢暫停呼吸
看似擺脫了妄想

聽見聲音的支氣管
又歸於寂靜
感恩月光念舊
讓我升騰的火影
立在沙灘燃燒

夢

魚貫而過的波浪
經由換喻
化身為海潮音
難怪月亮升高了
星辰閉上眼睛

從今日起
傳言變得澎湃
有了象徵
明天的墓誌銘
應該會依約趕來

未來

這絕不是眼翳
更非譫妄能承載
迎新的潮流
推翻舊的浪濤

那些湧向自身的
飛沫和記述
很像漩渦誘惑

在暮色的視野中
未來的後事
還未被寫好在編修

我的影子

我立在太陽下
要求影子
與我一同留存
風雨告知
絕對不來侵擾

如果我藏得夠深
潛入歷史長廊
身影能長出綠葉
有清晰的回音

設若我化身得宜
那麼青春消融

就在終點的土坡
繼續叢生

致　哀傷

因為深愛
無法走出哀傷
那片蒼莽林海
原本就沒有盡頭

風的意志有情
始於葉脈伏動
推向初春的享年

輝光又促成了
二次醒覺
改變語言的轉向

從今以後
不需解構邏輯
真情所指的地方
有照亮的復活

拯救遺忘

你困惑地問著
我是否要拯救
垂危的遺忘
以慶祝受困中年

出於這個緣由
我的遺忘自己拯救
如背陰處的前世
希望立在向陽山坡

佚名

我喜歡這個身份
一無所有

沒有藏書
沒有著作文獻
沒有日記
沒有往來的信件
沒有私人筆記
沒有長條校樣
沒有檔案
沒有學術遺產

隨著日出而升
穿越時間的慶典

蠟燭

我模仿了夜風
試圖把你吹滅
不留下半點痕跡

而你卻先行自滅
不留下風聲
不給滅頂延期

我打量這片沉默
始終還未弄懂
為何浪漫主義者們
製作死亡面容

褲子還留著折痕

褲子還留著折痕
一半是白色的月亮
一半是黑色的平原

在月光之下
垂老依照路線
找到年輪的界碑

在平原之後
河霧升騰得很快
如甘蔗林醒來
如不落地的塵埃

老詩人

那是我熟悉的語言
如晚風翻牆而至

如世紀末的暮色
沒有變老

我還認得這口音
是由老靈魂帶領的
時間也來見證

我敬仰的老詩人
在我詩歌的芽尖
染上金黃

年輪

年輪告訴我
其實老朽的頭腦
不存在著祕辛
硬要剖開
只有思想幻影

於是
我很努力爬行
像一頭矜持怪獸
在時間地圖中
想像消失的樹林

托馬斯・霍布斯

多年以來
我始終無法調和
生命中的矛盾
直到文字思想
重新返回
手抄本的故土

我發現
那裡沒有媲美
恐懼並不喧囂
只有塗改
還有我更多的
青春叛亂的石頭

冰

我知道
你來自水的系譜
愛情的方言
凍在時間之中
等待傾聽溶解

我明白
歷時的與共時的
必然的與不規律
已在默契面前
等候我把它們還原

我的共鳴

我有足夠理由
相信
夏日那片蟬鳴
已燃燒殆盡
卻未劃下終點

我有足夠證據
推論
乍起的秋風
繼承自然的元音
只為我找到共鳴

無題

我打開閘門
是為了迎接光
讓它走進暗房
給明日做伴

有時事非得已
我閉上眼睛
是為了拒絕感傷
辭謝淚水慰藉

綠色月亮

天空的距離太遠
我索性把那枚
綠色月亮
擱置在書影上

我暗淡的中秋
與往年不同
披覆過幾番風雨
那屬於我的安詳

山寺

眼科醫生K說
手術摘除白內障
在眼球兩側
切開兩個小孔

這個實用主義
迸出啟迪的火花
我沿著山寺小徑
殘竹這樣解釋

我心中的地獄
有兩個出口

一個向左凝視
一個往右盤旋

河風

久違的河風
送來寧靜的月色
問我近況可好
它說我的記憶之眼
已開始朦朧

我回答說
希望你別來無恙
它笑了笑
始終沒有言語
如暮秋剛剛抵達

解散

我終於把多年怪夢
一併解散了
倣效雲退的天空
那樣明朗

我證實它的存在
諸如印跡版本
比深霧更早離開
為著清醒

從今而後
沒有革命的呼吸
因火焰在呼應

在九月的季節裡
有超現實主義分身
變幻著我的寂靜

田間書簡

你問我為何
相信詩歌的使命
深情而專注
是為了喚醒人們
思考諸神的逃遁

我遍尋不著
所有莊重的回答
向倒伏稻桿求援
凝視它們擁抱
田地升起的溫熱

立在秋風下
等待和它們結伴
一起閱讀舊歲
一起翻耕入土

迷途指津

不知這是誰的發明
昨夜與蘇格拉底
睡了一晚
清醒後很長時間
改變他的思維

我無法領略意思
卻跟著但丁迷途了
一切靜默如常

只知樹林習慣幽閉
泥土不告訴我
休眠的顏色從何而來

海邊的松樹林

今日天氣不佳
顯然不適於寫作
那就寫信吧

寫信給誰呢
我認真想了想
寄給海邊松樹林

那時午後黃昏
斜陽　濤聲　鷗鳥
魚語　漂木　浮沫
與我同行俱在

我每次想起它們
往事不增不減
我的遊歷
回憶我的旅程

輯五。

秋紅

我有歲月的庇蔭
既深且廣
可以用來等待
夏季開花的果實

我有時間的支撐
像立柱那樣
用來托住葉影
迎接久違的秋紅

山的思想

今日是教師節
我拙於言語表達
不知說什麼
但如果浮雲願意
與我來到峰巒上
世界必然更美好

秋分過後
我不必尋找雷聲了
不需隱藏自己
無論立在地上
或者埋葬地下
我相信山的思想

一個祈求

我為了不變成
一只臭皮囊
黃昏還沒降臨
進入空乏的地界
和一群螞蟻
找尋著什麼

我明白這理由
或許不充分
不足以動員朗讀
讓詩歌走出來
為了遇著你
我只有一個祈求

火星

許久沒有寫詩
我怕你已然忘記
特地在下雨天
寄送我音譯的風聲

許久沒有亮光
我擔心你還未醒來
專程於黑夜之前
呈上我原版的火星

思想頌

幸運之至
我不需歌頌禮讚
過著平凡的日子
我依舊屬於祕密的
無限空間

如果我能避免
肉身被看個透明
那麼請給我陰暗
我依然保留門號的
無限自由

晚安，巴爾扎克

我沒趕上你的葬禮
並不表示我忽略朋友

有時風雨刮得太猛
忘卻吩咐我要關窗

濕氣就成為闖入者
藉機塗改恐怖的界限

許多沒讀你的《農民》
但我記得向上天禱告

待我的皮囊退休以後
我要帶著你的全集

來到偏遠的百合幽谷
和你一起安度餘年

想像波德萊爾

我寫不出什麼絕句
只是讀了幾首詩
想像突然躍躍欲試

我相信所感知到的
不是蒙太奇之旅
確實聽見詩人在呼吸

他過去從未達到的
我這一輩子
可能也不會超過

彼此就那麼一條界限
惡之花開在彼岸
頹廢的生靈正要出發

問候果戈理

我很明白的
必須趕在暴風雪前
寫點什麼懺悔
問候你寫作近況

你總是嘲笑自己渺小
敘述不出偉大業績
只好刻畫庸碌往事
以致和筆下人物
看來並不比蒼蠅來得大

不過在我看來
這些都是情有可原

再多的才華也會磨損
何況那些《死魂靈》

我試圖冒充穿越
時空彼方的白樺林
立在它們面前
拂拭被凍結的沉默
想像舊俄時代的體溫
現今是否與土塊一樣
在人間的早晨甦醒

旅程

秋風越過夜色的屋頂
記憶鐵軌的轟響
我的旅程暫告結束
尋書沒有盡頭

今夜有溫酒陪伴
門前花語為我翻譯
我因歡樂的疲乏
時間等待我的重返

深秋的聲音

不知不覺間
我來到秋季的終點
遇見許多聲音

翻閱書頁的沙沙聲
彷彿給前夜雨滴回應

我的朋友黑烏鴉
尚未寫完備忘錄
就開始向天空剪影

從台北到東京
記憶之術再次轉生

墓影自敘

或許提早面對死亡
並不是什麼壞事
如夏日的樹林
突然被蟬聲包圍
我們不便抱怨

如灰色雲層的思想
抹在土塊塵埃中
立冬之風及時趕來
就這麼搭建了
自由形狀的墓影

我們稱它為寂靜海
有時亦作為自敘
證明曾經浪跡此地
卻因執著的困難

冬季裡的春天

不需要等待
度過嚴冬的整肅
或在斷橋上徘徊
你自行宣布
春天已經走來

那無關乎季節輪替
不在乎露水是否清涼
越過平原的風聲
趕在拂曉之前
向你通報早春年齡

紙魚

從苦澀原稿開始
直到印成書冊
你都在這屋簷底下
與我守著四季
不期而遇的風雨

落成之後
你一如往常
校閱文字的跡印
在半夜醒來
為我蒐集遠方雷鳴

歲月與生活

在高壓禁忌的刑台
我沒有忘記呼吸
仍然抓住傾斜的
用來築夢的蜘蛛網

我看見夜風動作很大
像逃亡的朋友
急於註銷詩行反光
擔憂映出那片荒涼

經歷多年以後
我猶然回到現場

找尋死去的聲音隊列
是否貼出失物招領

當冷月戴著重度墨鏡
餘溫不再灼人
我卻變得整夜失眠
彷彿輓歌就站在廣場

河霧

河上起霧了
你比我更早發現
顫慄的風景
那給枯寒的標題
已超出畫本之外

我無法說的更多
由你的視野概括
但願歲歲年年
所有抹消的氣息
都能如期重返

詩友

——致詩人李敏勇

為了不給形單影隻
加深孤獨的皺眉
我的朋友燃燒
詩行中僅存的松脂

那未必要照亮雲翳
未必返回自身
卻可以安撫睡眠

海濱的墓園很疲憊
以致於時間暫停
成群狂浪也想歇息

好吧　今夜
就由寒星們守靈
有交織的火焰
相信風濤不再迷蹤
希望的島嶼正在浮升

獨有時刻

你為腳下的土地
連同影子一起獻身

賊風已吹過百遍
仍然沒能入侵
你心中的燃燒

你相信真理之愛
原諒歷史的人質
將你悄悄捆綁

在屬於獨有時刻裡
為諸多悲哀祈禱

到詩歌裡看海

沿著時間小徑行走
我彷彿擁有天空

我願意把各種喧囂
納為失落的意涵

我來到詩歌裡看海
遊歷其諱莫如深

等待冷風擦身而過
留下卓然的島影

我因拙於翻動言辭
卻無從阻止追問

直到日夜依時而至
善意地使我重新復原

不忍離去

黑暗的笑聲
從不為命運點綴

風也在履行緘默權
希望都走遠了
唯獨你不忍離去

是因為站立比橫躺
有著加倍的尊嚴
或者從今而後
失敗猶有自述詩
絕望終被絕望浮載

山中之音

你問山中有何聲響
我實在不好回答
除非有人告訴我
誰能代替天空
說服烏鴉的喧囂

那乍然而起的冷風
一路從古代走近
我立在它們的身旁
渴望密語傳授的
竟然沒有複誦

我以為紅葉點燃的
已說出某種要義
把逐漸失溫的石頭
恢復到正常肉身
推動四季的年輪

如果我在暮色之際
能攝取時間景深
收錄到久違的灰雲
我必然言出必至
竹林中有微笑墓群

唯物主義

清晨時分
一隻烏鴉掠過天際
黑色的身影
嘶啞的嗓音
時代城市都予容忍
屬於他百分百自由

按此唯物主義
行經窗外的冷風
原本有虛構的意志
卻被我監禁在房間
從此失去了自由
但誰又在乎無聲失蹤

冬天的早晨

我多次在你書頁中
逗留於說話起點
沒有獲得回聲
也許我知道緣故
我遇見自己的倒影

在季節狂亂之際
我發現軍裝的雨絲
總比以前冰冷
曙光馱著關節骨頭
都變得語意含混

一則隱喻

也許什麼都不必說
反而更好
深秋已然過去
崖上枯樹拒絕悲哀
這樣感傷就無法留言

我喜歡這種時刻
政治巨靈還在酣睡
雲霧已飛渡千山
隱喻正在解凍
狂歡的群魔整夜失眠

暗夜行路

我明白這條路徑
原本只適合脆弱的
夜色和恐慌奔逃
但我願意成為替身
分擔抹黑的視線
我用它來察覺光明

當我耳朵逐漸失靈
肅殺聲已控制說話
抒情的風濤遭到驅逐
我仍然比昨日相信
這屬於暗夜行路
不言自明的證詞

怪誕的日常

這真是一件怪事
自從我服用了
蘇格拉底安腦丸
我無邊寂寞和孤獨
生動的假面
再也沒有被騙走
外部與內部世界
重新鏈結起來

自由恢復我的身分
我不再與惡道糾纏
他者送我回家
使我取得自在憑證

目前我情況良好
正耐心等候
命運詭奇再次贈予
一帖拯救逍遙

漫遊者

冷鋒驟然而至
我感受到皮肉浮沉
但仍然惦記著
噩夢倉皇的碎片

屬於短暫的寒暄
終於獲得承認
就此有了形象自身
為枯枝留下懸殊

我聽說思想的難友
昨年已抵達天涯
只是冬日尚未察覺

那與漫遊者不同的
用於抒情的返回
收容我的輕聲與重音

不是占領

飛鳥穿越了灰暗
他們眾口齊聲說
天空是無法占領的
仍然有許多空間
擁護必須的逃亡

雲雨包圍了森林
有比飄渺更好的闡述
是撒出細網無邊
以保存敬慕的愛情

種籽當然有恐懼的
進入不被占據的國籍

而選擇落地生根
萌芽的護照才能延伸

我來到戰後的譜系中
看自己激情如常
幸好沒有失去憂鬱
拾獲了思想之尺
就用來丈量狡詐正直

在旅途中

在人生的旅途中
總會湧來些憂鬱
有時化為一場濃霧
倏忽占據了心靈
重度感染我的情感

此時若有高明偽裝者
趁虛建造了塔樓
必定不會遭到識破
寒冬自身忘了取暖
雄辯西塞羅沒有醒來

疲勞的鐵絲

我疲勞地推開窗戶
細雨灰溜溜地進來
夜色與我的界限
等不到定義
斷然一併取消

我的分身猶在沉睡
總來不及擴張
再度虛驚的眼線
也許烏雲懂得更多
知道隱藏的天涯

麵包公墓

我必須聲明
為了驅逐心頭烏雲
我向阿多諾盜用冥紙
在收了鈔票之後
寫詩歌頌是野蠻的

那由人頭肖像之森
研磨出來的粉末
比白色的恐怖腥紅
動詞不足以形容

不管大便多麼隆重
或者一夜之間

尿量如泉突然爆漲
定睛注視著
都在笑聲的統轄中

我聽過飢餓的故事
看過香精的比例
如何做出新奇麵包
隨著鈔票的體味
舌尖主動搖晃白旗

愈來愈多的是堆壘
愈來愈多的是擬製
一輛金色壓路機
正躺在麵包公墓旁

我的統派朋友

你的祖國認同
絕不是我的
甚至散佈著危險
像猴子拿起鋼筆
不會變成文人

你用電鍍的歌聲
稱許過無數隻耳朵
日日夜夜
重複這些詞語
天邊留白被你染紅

但有比優美的文字
更重要的思想
一直以來正等著
當我開始思考邪惡
就是遠離了魔種

歲末的肉身蒼老了
不再為自己化妝
我一如往昔
立在凜冽國境線上
記得祝福的辭典

莫里斯・萊維

如果莫里斯・萊維知道
像我這樣的陌生人
在異國的隆冬裡
貿然寫詩問候
他肯定會一頭霧水
因為未受保護的骨灰
已經變涼了許久
我必須及時地阻止
惡意闖入的飄風

我幻想著你沒聽見
因為所有焚燒的文字
一個一個地

沒能成功越過驟雨
而停留在閃電的頁面
我不禁感嘆這話語
要送進你的耳朵
竟然如此困難

我明白有些事情
平常卻不容易解釋
比你都靈的出生地
更遙遠的是
奧斯維辛的集中營

比消失的肉身新奇的
是焚化爐串串青煙
在不定的時刻
在被淹沒和被拯救的

不需要任何註記
可以擅自更改姓名
還原青春的物語

經過大阪城

我作為時間的旅人
原本應當說點什麼
我看到橋上人群
現代步履匆忙
似乎正適合這城市
移動複數的勤奮
從一開始就打敗了
居心叵測的蜷伏

隨後我來到地面
隔著熟悉鐵欄杆發現
河上禽鳥在聊天
他們剛剛出獄

趁著深秋恍惚困頓
以戲謔之舟拉長幕間
很懷念死屋的裝幀
追悼那場無國界荒涼

歷史印象及其素描

並非每一次
我都能順利表達
失憶的速度太快了
氣味跟著淪喪
所有視域緊急遮擋
變得毫無意義

我似乎已然忘卻了
戰士有自己的身軀
他們用什麼方法
穿越戰場之門
砲火渲染過天空
還刻有晦澀的格言

春雪

在冬夜的長路上
夢見春雪
似乎為時尚早

如果天狼星座
不隨意向我嚎叫
我一定會接受黑暗

以語言做成的手杖
就應當出發
趁著還沒被填滿

也許神話的歧途
不等嚴寒了
正向我疾步而來

迎向時間的詠嘆

若不是浮雲之光
撫摸我的眼簾
想必我還在沉睡中
以為安寧的墓園
是詩歌為我的延伸

歲末的氣息流轉
比黑暗還要輕淡
比星座之間的
無止盡的交談
多了些美妙感傷

直到新年的手杖

用正直之焰火
點燃我荒原的枯樹
為諸多寒枝正名
我才得以重新甦醒

我讚譽歲月的慷慨
贈予我智性包容
命運多麼慈悲
送給我多重人生
讓我宣告這裡有愛

我無法說得更多
不能把境地描述更遠
但我不懷疑語言效力
如穿行於山海之間
如迎向時間的詠嘆

詩的森林

一棵參天巨樹
是我詩歌的森林
以春天新芽
鋪設盛夏的綠葉
等待初秋治療感傷
在時刻的嚴寒中
迎接康復和暖陽

一棵蒼老巨樹
是我詩歌的擁抱
以堅韌枝條
分布脈搏的回音
歲月終將垂直意志

直到摩天的領域
返回地上人間

歷史是一條絲線

歷史是一條絲線
有清流般透明
不捨晝夜地交織
從遙遠古代中世紀
我們活著的時期
統統要串連起來

古代有過的愛情
雖然不夠芬芳
近代經歷的挫折
還躺在病床上
它贈與我療養之志
起草我們的宣言

語言文學類　PG2240　秀詩人54

迎向時間的詠嘆

作　　者／邱振瑞
責任編輯／鄭伊庭
圖文排版／林宛榆
封面設計／蔡瑋筠

發 行 人／宋政坤
法律顧問／毛國樑　律師
出版發行／秀威資訊科技股份有限公司
114台北市內湖區瑞光路76巷65號1樓
電話：+886-2-2796-3638　傳真：+886-2-2796-1377
http://www.showwe.com.tw
劃撥帳號／19563868　戶名：秀威資訊科技股份有限公司
讀者服務信箱：service@showwe.com.tw
展售門市／國家書店（松江門市）
104台北市中山區松江路209號1樓
電話：+886-2-2518-0207　傳真：+886-2-2518-0778
網路訂購／秀威網路書店：https://store.showwe.tw
國家網路書店：https://www.govbooks.com.tw

2019年2月　BOD一版
定價：280元

國家圖書館出版品預行編目

迎向時間的詠嘆 / 邱振瑞作. -- 一版. -- 臺北市
: 秀威資訊科技, 2019.02
面；　公分. -- (語言文學類)
BOD版

ISBN 978-986-326-662-4(平裝)

851.486　　　　108001833

讀者回函卡

感謝您購買本書，為提升服務品質，請填妥以下資料，將讀者回函卡直接寄回或傳真本公司，收到您的寶貴意見後，我們會收藏記錄及檢討，謝謝！

如您需要了解本公司最新出版書目、購書優惠或企劃活動，歡迎您上網查詢或下載相關資料：http:// www.showwe.com.tw

您購買的書名：______________________________

出生日期：________年________月________日

學歷：□高中（含）以下　□大專　□研究所（含）以上

職業：□製造業　□金融業　□資訊業　□軍警　□傳播業　□自由業

□服務業　□公務員　□教職　□學生　□家管　□其它_____

購書地點：□網路書店　□實體書店　□書展　□郵購　□贈閱　□其他

您從何得知本書的消息？

□網路書店　□實體書店　□網路搜尋　□電子報　□書訊　□雜誌

□傳播媒體　□親友推薦　□網站推薦　□部落格　□其他__________

您對本書的評價：（請填代號　1.非常滿意　2.滿意　3.尚可　4.再改進）

封面設計____　版面編排____　內容____　文／譯筆____　價格____

讀完書後您覺得：

□很有收穫　□有收穫　□收穫不多　□沒收穫

對我們的建議：______________________________

____

____

____

請貼
郵票

11466
台北市內湖區瑞光路 76 巷 65 號 1 樓
秀威資訊科技股份有限公司 收
BOD 數位出版事業部

（請沿線對折寄回，謝謝！）

姓　　名：＿＿＿＿＿＿＿＿　年齡：＿＿＿＿　性別：□女　□男

郵遞區號：□□□□□

地　　址：＿＿＿＿＿＿＿＿＿＿＿＿＿＿＿＿

聯絡電話：(日) ＿＿＿＿＿＿＿＿ (夜) ＿＿＿＿＿＿＿＿

E-mail：＿＿＿＿＿＿＿＿＿＿＿＿＿＿＿＿